Hasard meurtrier

Je m'étais réveillé la bouche pâteuse comme si j'avais avalé un cendrier. Je me suis hissé sur un coude, j'ai relevé la tête difficilement puis entrouvert les yeux. Quelques rayons de lumière filtraient à travers le store. J'ai jeté un regard sur ma montre, je n'avais dormis que quelques heures. Grognement, étirement, bâillement. Je retombais crucifié sur le matelas. Une légère nausée m'envahissait, l'alcool de la veille se manifestait. Il fallait que je me lève maintenant pour éviter une journée molle. Je m'extirpais du lit, les draps glissèrent

1

par terre, je fonçais dans la cuisine en parfait désordre. J'ai bu sans réfléchir deux grands verres d'un truc gazeux qui traînait sur la table, j'ai grignoté au hasard de ce je trouvais, puis je me suis aspergé d'eau le visage. Je me sentais déjà mieux. Je suis sorti sur le pas de la porte, extérieur jour. J'étais nu, le soleil cognait fort, la lumière et la chaleur étaient déjà insupportables. Je venais de recevoir un coup de marteau sur le crâne. J'ai fait demi-tour les yeux comme grillés par les ultraviolets. Certains matins sont difficiles. Je me suis fait couler un bain bien brûlant, la vapeur en s'échappant se collait sur le carrelage mosaïqué, j'ai allumé le transistor, « Walk on the wild side ». Je suis entré doucement dans la baignoire et je me suis laissé glisser sans penser à rien, happé par la mousse. J'ai carrément sombré. Naufrage domestique. En écoutant Lou Reed, je me sentais léger, je ressuscitais. L'eau était une main délicate refermée sur moi, qui masturbait mon corps tout entier. Pur plaisir de relaxation.

Je mes suis habillé, éternel denim délavé, sempiternel tee-shirt XL blanc. Je me suis brossé les dents, le dentifrice a failli me faire déposer les boyaux sur le lavabo. Il s'en ai fallu de peu. Je me suis décoché un sourire irrésistible dans le miroir embué.

J'ai pris quelques toiles sous le bras puis j'ai sauté dans ma mustang décapotable.

La route qui menait en ville, longue de quelques kilomètres, était jalonnée d'endroits étonnants. A force de prendre le temps, je découvrais à chaque fois un lieu nouveau, un moment unique, un vieil arbre tordu, un champ de vagues, un chemin camouflé. J'aimais ce paysage proche, intact. J'aurais roulé des heures à l'explorer, à m'en imprégner ; il me donnait de l'ardeur pour toute la journée. La musique sortait de l'autoradio comme une explosion sous le soleil, mes cheveux étaient fous, mon maillot collait ma poitrine, le vent sifflait, se heurtait au pare-brise de la voiture qui filait. Je suis passé devant la maison tourmentée du vieux Jean, écrivain marginal, qui était entourée d'une multitude de fleurs, de sublimes roses rouges et blanches. Puis je me suis engagé sur la route rectiligne qui traversait une forêt voûtée, j'avais toujours l'impression de m'enfoncer dans une caverne. Au bout du tunnel j'arrivais en ville.

Je me suis garé en vitesse à quinze mètres du trottoir juste devant la galerie. Bob m'avait vu arriver, il m'attendait sur le pas de la porte.

"Salut Bob, j'ai crié. Je t'apporte trois

nouvelles toiles. Belle journée hein !" Il me regardait à moitié endormi, il devait encore avoir subi l'une de ses terribles insomnies la nuit dernière. "Eh, faut pas faire cette tête vieux. Tu devrais plutôt être content.

- Ecoute Alex, j'ai pas beaucoup dormi. Entre, on verra ça à l'intérieur."

Un seul client était là, il scrutait minutieusement les peintures accrochées aux murs et prenait des notes sur un petit carnet à spirales. Il portait un chapeau bizarre qu'il ôtait chaque fois qu'il changeait de tableau comme une révérence ou par galanterie. Ce rituel respectueux me faisait rire mais je ne me moquais pas.

Nous nous sommes assis, Bob a apporté deux cafés serrés. Il a jeté un œil expert sur mon travail. Il est resté silencieux un instant "on tient le bon bout" me dit-il. Il voulait dire qu'il aimait. L'exposition était prévue dans quinze jours. Il manquait encore trois toiles. "Les petites dernières seront ici dans une semaine au plus tard."

- J'te fais confiance, Alex. Il s'est arrêté. Je voudrais te demander un service, je peux ?

- Vas-y, lance-toi.

Il n'a pas parlé, il a mimé avec des

gestes simples ce qu'il voulait que je fasse. Il m'a montré le fauteuil en cuir derrière son bureau puis a joint ses mains contre sa joue en penchant la tête les yeux fermés.

- OK, j'ai compris, mais à midi je m'en vais.

Bob m'a remercié comme si je le sauvais d'une catastrophe.

- A tout à l'heure". Il est sorti.

Je me suis installé, tranquille. J'ai allumé une clope en feuilletant le journal. Je lisais d'un œil les ragots- star ou inconnu, tout le monde avait des emmerdes, quelque part ça rassurait -, les faits divers les plus étranges pour rire deux minutes, et quelques critiques artistiques pour me tenir au courant. L'actualité était trop morose. Comme d'habitude. Pourtant, dans morose, rose. Rien que les gros titres me donnaient envie de disparaître de la surface du globe. Et encore, on ne nous parlait pas du pire…

Une jeune femme est entrée. J'ai levé la tête, je m'amusais, l'esprit ailleurs, avec les babioles qui traînaient sur le bureau. Elle était habillée de couleurs très vives, portait un foulard noir et son sac à main ressemblait à une valise. Elle m'a dit bonjour avec un accent anglais plein de charme, irrésistible. Je lui ai répondu doucement en souriant. J'ai ouvert un tiroir, je suis tombé sur une revue d'art. Il y avait une page cornée. Sur cette page, un article entouré de rouge parlait de moi, de mon travail et annonçait la date de l'exposition. Le journaliste était plutôt flatteur, je me demandais seulement s'il avait déjà vu quelque chose de moi ! Je m'en foutais de toute façon. J'ai feuilleté le reste du magazine, blah-blah, pages de pub sophistiquées, puis l'ai remis à sa place. Il était onze heures. Plus qu'une heure. Je commençais à avoir l'estomac aux abois. L'homme au chapeau avait terminé le tour de la galerie ; il s'était assis et relisait les notes qu'il avait prises. Il réfléchissait tout seul à voix haute. Je l'épiais, gesticulant sur sa chaise. Après ces très sérieuses délibérations, il est venu m'annoncer son choix. Il voulait acheter deux grandes toiles qui selon lui "bouleversaient le sens de ses sens". J'étais content d'entendre ces mots, d'être en face d'un client exalté, un passionné qui n'était pas là pour spéculer mais pour vivre un moment particulier avec les toiles et le prolonger chez lui. Il m'a expliqué pourquoi ces tableaux et aucun autre, son ressenti pour la peinture. Je l'écoutais avec beaucoup de plaisir. Nous avons discuté encore puis il a dû partir , il était attendu par une femme qui lui donnait une nouvelle jeunesse s'emportait-il. J'ai mis ses achats de côté, il m'a serré la main chaleureusement. "A bientôt". Il est sorti en chantonnant ajustant son chapeau. Il a sauté dans un taxi. Au même moment Bob a poussé la porte vitrée. Il avait l'air tout à fait reposé. Il pouvait récupérer toute une nuit d'insomnie en somnolant deux heures au beau milieu de la matinée. Après il prenait une douche glacée et buvait sans souffler un grand verre de cognac.

- Alors, Alex, tu t'en sors ?

- Pas trop mal. Je viens juste de faire une vente.

- Super, tu me feras penser à te remettre une médaille !

Vraiment il était en forme.

- Merci Bob, trop gentil ! Les Arts et Lettres, si je peux choisir, c'est plus classe !

- Blague à part, c'est un bon début dans le métier. Maintenant tu es libre, tu peux filer retrouver ta dulcinée !

La jeune femme excentrique qui venait d'apercevoir le maître des lieux s'est précipité dans ses bras. Ils ont commencé à discuter en désordre en anglais comme de vieux amis. Je me suis éclipsé en faisant un petit signe à Bob.

J'avais rendez-vous à midi chez

Jeanne. Comme presque tous les jours. Elle était mon amie, mon modèle, mon amante.

Je l'avais rencontré un après-midi d'été dans un café chaleureux au décor baroque aux clients artistes, un endroit où les intimités se frôlent, où l'inattendu peut surgir à chaque instant. Elle était venue s'asseoir près de moi, à ma table, sans dire un mot. Intrigué, j'avais d'abord tenté de mettre un nom sur ce visage, sur cette silhouette que peut être j'avais croisé chez des amis, dans une soirée quelconque ou à la galerie. J'avais beau chercher, me creuser la tête, impossible de l'identifier. Visiblement je ne la connaissais pas. J'avais aussitôt compris que quelque chose de nouveau allait se passer dans ma vie. Je devais attendre, ne rien faire. Je m'étais cependant décidé à l'observer, discrètement, du coin de l'œil, sans jamais m'attarder, sans jamais plonger dans son regard pour éviter de brusquer ses intentions, ses désirs. C'est d'elle que viendrait le déclic. Elle possédait un charme naturel qui se répandait autour d'elle comme un parfum inné, mystérieux. Sa bouche d'un rouge très pur était immense, provocante, elle aurait pu me dévorer d'une seule bouchée avais-je pensé. Puis elle avait allumé une cigarette, comme pour prendre son souffle avant d'agir, son autre main glissant dans ses cheveux noirs. Elle semblait savourer chaque bouffée, geste intime. Que me réservait cet ombre sensuelle ? Quelle idée étrange avait germé dans sa tête ?

J'aimais déjà l'insolence de ses pauses, de ses expressions, elle m'étonnait par sa désinvolture, par sa façon de mener un jeu à l'extrême. Ma patience avait été mise à rude épreuve, un frisson m'avait parcouru le dos. "J'ai envie de vous" avait-elle lancé comme une fusée.

J'étais resté interdit, les yeux perdus. J'avais pensé à beaucoup d'extravagances mais cette simple phrase que j'avais reçue en pleine figure m'avait troublé plus que n'importe quel acte délirant. Je n'avais pas su quoi répondre, interloqué. Pourtant une sorte d'instinct m'avait poussé à parler :

" Pourquoi moi, vous ne me connaissez pas?"

- Je sais que ce n'est pas facile à expliquer que cela peut paraître étrange mais quand je vous ai vue, j'ai été attiré vers vous. L'intuition peut-être... Si vous voulez je peux partir.

- Non, non... avais-je bredouillé mi-confus, mi-troublé, seulement vous m'avez surpris.

Un silence s'était installé après ces paroles. Elle avait écrasé sa cigarette par à-coups, je m'en souviens je l'avais regardé faire, elle avait baissé la tête comme pour me remercier sans avoir à chercher les mots justes. J'avais accepter d'entrer dans sa vie sans savoir ce qu'elle me réservait. L'accueil maladroit que je lui avait offert avait été tout de suite pardonné. Je lui avais proposé sans originalité de prendre un verre, les mots viendraient sans doute plus facilement. Elle m'avait répondu par un simple sourire. Nous avons discuté longtemps comme si nous nous connaissions depuis de longues années, comme deux anciens camarades de classe qui se retrouvent. Chacun avait confié sa vie à l'autre, ses envies, ses chagrins, ses passions, ses aventures. Chacun s'était dévoilé, s'était livré peu à peu sans contrainte. Pendant tout ce temps, suspendu dans les nuages de fumée, nous étions devenus confidents, complices, une relation inattendue avait commencé à se dessiner, à s'inscrire en lignes profondes entre nous. En fait, je ne comprenais pas très bien comment des liens aussi forts s'étaient si vite créés ; après tout, quelle importance, pourquoi se poser des questions.

Le reste de l'après-midi, nous avions

flâné dans la ville embrumée de soleil, l'âme tranquille en s'attardant devant les vitrines à l'affût de l'objet insolite, à la recherche du truc idiot qui nous ferait éclater de rire. Une figurine en plastique venue tout droit de notre enfance ou encore une boule à neige kitch venue tout droit de Taiwan. Nous avions marché quelques heures encore sous le ciel crépusculaire, les grandes avenues rayonnaient, les réverbères s'allumaient un à un, les terrasses s'emplissaient de visages détendus qui répondaient à notre heureuse rencontre. Puis elle m'avait proposé de terminer la soirée chez elle, de me préparer un dîner indien, elle

adorait ça et de boire du champagne. Je l'avais
suivie dans son antre. Nous avons fait l'amour
toute la nuit. Depuis nous ne nous étions pas
quittés, elle était même devenue le modèle de
plusieurs de mes toiles. Nous avions décidé
d'habiter chacun de notre côté pour préserver
notre indépendance. Une certaine intimité
aussi.

Je suis arrivé chez elle à midi un peu
passé. La porte de son appartement était
entrebâillée. Jeanne ne faisait attention à rien.
Je suis entré doucement comme pour la
surprendre. Un silence planait à 'intérieur. Elle

habitait un duplex peu meublé, sobre, les murs étaient tous blancs, sans papier, seules quelques photos en noir et blanc, sous verre, les décoraient. J'ai fouillé partout, les pièces étaient vides, j'ai pris l'escalier pour aller sur la terrasse. Elle était nue sur un transat. Le soleil frappait fort. Elle dormait. J'eus un sourire satisfait, heureux. Je suis allé chercher son Polaroïd sans un bruit , pour la mitrailler dans cette posture, pour saisir cet instant qui me plaisait bien. Je voulais la prendre à son insu. J'ai pris tous les clichés, déclenchements rapides et les ai glissés dans ma poche. J'avais envie de me servir de ces images pour commencer une nouvelle toile. Je savourais déjà cette idée avec malice. Je me suis assis près d'elle, sur une chaise qui traînait là, en pensant à toutes les choses qu'elle faisait naître en moi. J'aimais cette petite nana, allongée en toute liberté face au ciel. Mon regard s'est posé sur ses seins aériens, a glissé dans le creux de ses hanches, pour se perdre le long de ses jambes.

Un nuage égaré suspendu en l'air a voilé le soleil en un clin d'œil, Jeanne s'est réveillée comme si on lui volait quelque chose. Elle a crié "Alex !" en me voyant bien installé à côté d'elle "Voyeur !". Elle semblait pourtant plus excitée qu'en colère. Elle m'a sauté dessus, une vraie furie, elle m'agrippait les épaules tout en me déshabillant, déchirant mes vêtements. J'ai éclaté de rire, nous sommes tombés tous les deux par terre. J'étais aplati comme une crêpe, elle était à cheval sur moi. Elle s'est mise alors à m'embrasser avec rage, j'étais à moitié nu, stupéfait, immobile, elle bloquait mes bras avec ses genoux. Elle frottait son sexe contre le mien à travers la toile de mon jean, sa tête était penchée, ses longs cheveux caressaient mon torse. D'un clic, elle a fait sauter ma ceinture, elle a descendu le long de mon corps, elle a glissé une main dans mon Dim puis elle a commencé à me lécher minutieusement du nombril à l'entrecuisse. J'avais l'impression qu'elle ronronnait. Elle m'a branlé doucement, elle a pris ma queue dans la bouche. Suprême douceur. Mes bras libérés, je jouais avec sa chevelure, je massais sa nuque, je lui étreignais la tête. Son corps s'est redressé, elle m'a englouti au fond d'elle, je la regardais, ses yeux étaient fermés, elle bougeait en ondulant sur moi. Le soleil était réapparu, il éclaboussait nos peaux d'une lumière chaude. Son visage se tordait, riait, mon bassin montait, descendait, je voyais mon sexe par intermittence, j'empoignais ses seins, ses fesses, je voulais aller au plus profond d'elle pour qu'elle devienne ma siamoise. D'un coup de rein, je l'ai basculé sur le dos, j'étais sur elle, je l'embrassais avec rage, mes doigts serpentaient, nos deux têtes dansaient, mouvements brusques, nous gémissions ensemble. Elle a joint ses jambes, mon sexe s'est retrouvé dans un corset, savoureux plaisir, spasmes en vagues, je l'ai serrée très fort. Nous sommes restés enlacés longtemps au son de nos respirations. Je me suis allongé près de Jeanne, nous étions tous les deux nus face au ciel. Là, nous étions libres, nous avons gueulé, hurlé dans le vide ,amants terribles ne se souciant de rien.

Elle s'est levé, un sourire malicieux d'enfant accroché aux lèvres, puis a couru vers une grosse boîte en carton à l'autre bout de la terrasse. "Qu'est-ce que c'est ?" ai-je demandé. Elle m'a d'abord regardé. Sa voix a glissé "Surprise !" au vent qui passe. J'étais curieux de savoir quelle folie elle avait encore inventée. Une sorte de serpent coloré géant sortait au fur et à mesure du paquet. Elle s'est mis à souffler dedans de toutes ses forces, ses joues se gonflaient démesurément. Une piscine pour enfants apparut devant mes yeux ébahis !

Elle a disparu. Je l'ai vue revenir avec

un seau rempli d'eau. Elle ne voulait pas que je l'aide. Je riais à chaque voyage qu'elle accomplissait, pressée, son seau débordant comme pour éteindre un feu. Son corps nu qui s'agitait dans tous les sens me fascinait, m'amusait. A ce moment précis elle était très belle : "c'est prêt, tu peux venir" m'a-t-elle annoncé très fière. Nous nous sommes glissés dans la piscine trop petite. Nous étions l'un en face de l'autre, les jambes enchevêtrées, entortillées, il y avait peu de place. Nous avons commencé à nous arroser comme des fous sans pouvoir bouger, je ne voyais plus rien, j'étais trempé. Ce qui s'est terminé en bagarre aquatique ; Jeanne voulait absolument m'embrasser en apnée. J'ai plutôt bien résisté, elle a bu la tasse en se débattant. Elle a boudé cinq minutes, les lèvres retroussées, puis elle est venue s'asseoir sur moi, ses bras autour de mon cou. Je l'ai portée pour sortir. Nous avons fait une sieste pour nous sécher.

Nous avions décidé de sortir, aucun de nous deux n'avait envie de préparer le dîner. Le premier restaurant chinois au coin d'une rue a fait l'affaire. Nous avons dévoré, de vrais fauves affamés. Nous étions grisés par la nourriture. Pour finir le repas dans l'ivresse nous avons avalé d'un trait quelques verres de saké parfumé à la rose. Des sifflements fluides fusaient.

Sur le chemin du retour nous sommes passés devant un petit cinéma de quartier qui rejouait "A bout de souffle". Nous sommes entrés. La salle était presque vide, le film venait de commencer. "New York Herald Tribune ! New York Herald Tribune !" Jean Seberg, sylphide blonde surgie de nulle part. Quand nous sommes sortis, la nuit était tombée, moite, sans air. Nous sommes restés quelques instants sur la terrasse accoudés au rebord à écouter la musique nocturne des sirènes, des moteurs, des trains, de tous ces bruits qui se mélangent puis s'évaporent. Jeanne a posé sa tête sur mon épaule, elle était fatiguée, elle travaillait tôt le lendemain.

Je me suis réveillé à l'aube. Le ventilateur au-dessus du lit brassait l'air moite, les rideaux, les fleurs en papier frémissaient. Une légère lumière filtrait à travers les volets. Jeanne dormait nue sur le ventre, un bras sous sa tête, un autre entourant l'oreiller, les cheveux en étoile. On s'endormait toujours enlacés mais le matin nous étions tournés chacun de notre côté. Son corps se soulevait au rythme de sa respiration, sa colonne vertébrale ondulait comme un serpent, ses courbes ressemblaient à des paysages lunaires, à des dunes de sable clair. J'aimais la regarder dormir, tout près d'elle, en la frôlant. Je ne voulais pas la gêner. Je suis allé dans la cuisine, j'ai ouvert la fenêtre, me suis accoudé, enveloppant mon visage dans mes mains. Un parfum de silence flottait dans l'air matinal, les rues étaient désertes. Aucune ombre. Le mouvement semblait avoir disparu. Seules quelques brumes éphémères s'animaient sous la nuit déclinante. Ce spectacle muet me fascinait, m'emplissait d'une sensation de calme absolu, de bien-être. Dès que je le pouvais, je me livrais à cet exercice de contemplation. Voir les choses bouger doucement. J'ai allumé une cigarette. Je prenais de longues bouffées que je savourais puis je m'amusais avec les volutes bleutées comme avec des bulles souples et fragiles. Très vite, le soleil amorçait son inexorable ascension, apparaissant par morceaux derrière les toits ciselés alors que la ville s'éveillait de tous ses sens, qu'elle se mettait à crépiter de ses bruits incessants, stridents, de ses mouvements de foule désordonnés, de ses images furtives. Tout changeait rapidement, devenait méconnaissable. La langueur laissait la place au stress. Le décor, les maisons, les trottoirs, les ruelles restaient de glace en apparence mais la lumière naissante plus forte déjà éblouissante le déformait peu à peu pour lui donner une autre existence, un autre reflet. J'ai écrasé ma cigarette. J'ai fait bouillir de l'eau pour le café. Les escaliers ont grincé, Jeanne se levait. La bouilloire a sifflé. Elle m'a embrassé. Nous étions très peu bavards au lever. Nous avons bu notre café, la radio annonçait les nouvelles. Je me suis habillé pendant qu'elle prenait sa douche. J'ai ouvert le rideau, je l'ai serrée dans mes bras pour lui dire au revoir, un baiser sur la nuque. " A demain !" Elle m'a souri et m'a envoyé une giclée d'eau. Je suis parti, légèrement humide. J'ai filé chez moi, le ciel était déjà bleu.

Jeanne ne reconnaissait ni la texture ni l'odeur de ces mains fortes qui l'enserraient. Sur le seuil de sa porte d'appartement, elle essayait de fermer son verrou précipitamment, elle était en retard, elle était pressée. Pourquoi venait-on l'importuner maintenant ? La pression était de plus en plus intense, elle sentait maintenant une main s'engager dans son pantalon puis se glisser dans sa culotte pour fouiller son sexe sans délicatesse comme une pulsion incontrôlable.

Elle venait de réaliser la gravité de la situation. Elle avait d'abord pensé à une blague mais cette violence lui suggérait une toute autre réalité. Elle tentait de crier mais les sons restaient bloqués au fond se sa gorge toujours entourée de ces doigts puissants. Se débattre serait avoir plus mal encore. Une fraction de seconde elle a entrevu le visage de cet homme, pas spécialement monstrueux. Son arrêt de mort était scellé, elle avait vu son agresseur, il ne lui pardonnerait certainement pas. Un cri s'est échappé de ses lèvres quand les deux mains de l'individu se sont retrouvées comme des jumelles inséparables autour de son cou pour en finir. Suffocation, étouffement, la vie s'en allait par secousses. Elle n'y croyait pas, pas là, pas aujourd'hui, pas après une si douce nuit. Pourtant l'étranglement était trop vigoureux, elle ne pouvait pas agir, plus bouger, son corps se figeait. Elle s'est effondrée sur le palier, morte. L'homme s'est enfui en dévalant les marches quatre à quatre, tête baissée, sans laisser aucune trace de son passage assassin. Aucun témoin, personne n'était sorti à ce moment précis, il faut dire que l'immeuble était très calme en cette saison.

Dehors, le soleil brillait fort sur fond azur.

Chez moi, la chaleur s'était déjà engouffrée dans la maison, j'avais oublié en partant de fermer les volets. J'y ai remédié rapidement, j'ai aussi ouvert les fenêtres. Je me suis déshabillé, seul mon caleçon me protégerait des regards indiscrets. Mon atelier gardait toujours la fraîcheur, il était aménagé dans une ancienne dépendance aux murs de pierre très épais. Je pouvais ici travailler en toute tranquillité, sans téléphone pour me déranger, sans rien pour me dévier de mon inspiration, dans un univers conçu pour stimuler mes sens, ma créativité. Tout mon matériel était à disposition, en vrac, mais il ne manquait rien et je retrouvais ce dont j'avais besoin très facilement. J'avais de la place pour bouger, m'exprimer, réfléchir en gesticulant. Je pouvais créer des toiles immenses si l'envie m'en prenait. D'ailleurs, aujourd'hui, je voyais quelque chose de plutôt grand. Des images précises se bousculaient déjà dans mon cerveau en ébullition. J'étais pris dans ces moments là d'une sorte de transe que je devais canaliser en créant. Tandis que j'étalais la toile à même le sol puis la fixais sur un cadre en bois, les idées, colorées, sensuelles, me venaient à vive allure.

Avant de commencer, j'ai déposé les photos de Jeanne que j'avais prises d'elle quand elle dormait nue dans son transat, par terre tout autour du blanc à peindre.

Mon corps tout entier me servait à étaler mes huiles, à bouleverser mes teintes, à esquisser des formes, à faire surgir du relief. Mes mains dessinaient, glissaient comme pour masser un dos offert aux caresses. Les autres parties de mon anatomie aplatissaient, suggéraient des ombres. Ma pilosité traçait des lignes affolées à divers endroits et je désirais laisser l'empreinte de mon sexe sur cette œuvre, dissimulée mais décelable. J'ai choisi l'emplacement idéal et la bonne couleur puis je me suis accroupi, baissé doucement pour effleurer la toile de mon pénis en érection, sensation incroyable, jouissive. Je n'avais pas quitter des yeux les clichés de Jeanne pour m'inspirer, ce qui en plus m'excitait terriblement. J'ai dû me masturbé avec frénésie car ma verge tendue depuis trop longtemps commençait à me faire souffrir. Mon sperme s'est mélangé à la peinture dans une osmose créatrice. A l'extérieur, la lumière du crépuscule rougissait déjà. J'étais resté enfermé la journée entière dans mon atelier sans sortir de ma bulle, sans manger, m'octroyant quelques cigarettes, quelques bières et une pause musicale, *It's a perfect day.* .

Un bruit sourd a résonné dans la maison, je me réveillais en sursautant, deux hommes avec des brassards POLICE au pied de mon lit. Ils se sont présentés sèchement puis m'ont expliqué qu'ils allaient procéder à une perquisition sans aucune autre précision. J'entendais du vacarme provenant des différentes pièces, la fouille avait commencé.

J'étais assis sur mon lit, abasourdi, sans voix.

Ils m'ont demandé de m'habiller. J'ai enfilé les fringues qui traînaient alentour sans me poser de question métaphysique.

« Que se passe-t-il ? Vous allez m'emmener ? j'ai réussi à prononcer.

« Nous ne pouvons encore rien vous dire, mais une fois la perquisition terminée, nous partons ensemble pour le commissariat, m'a répondu le plus vieux.

« A partir de maintenant, vous êtes placé en garde à vue, a rétorqué le second.

Je commençais à gamberger sec. Etait-ce pour les quelques joints que je fumais de temps en temps ? ou pour une histoire d'argent ? Cela me semblait vraiment disproportionné. J'ai attendu avec eux en silence pendant un bon moment quand un de leurs collègues a fait irruption dans ma chambre en criant « Regardez ce que j'ai trouvé ! ? ». Les deux autres regardèrent ce que leur coéquipier leur présentait et m'ont jeté un œil noir tout de suite après. Je savais que c'était les polaroïds de Jeanne nue que j'avais pris la veille chez elle et que j'avais utilisés pour peindre hier dans mon atelier. Quel était le rapport avec cette perquisition? Pour eux visiblement il s'agissait d'un élément capital. Tandis que je creusais mon cerveau, les types m'ont invité à les suivre dans leur véhicule car ils avaient terminé leurs opérations ici. Je les questionnais encore, en vain.

« T'inquiètes pas tu vas être au courant bientôt, mon gars ! » a lancé le plus vieux en ricanant.

Sirène hurlante, gyrophare affolé, bleu foncé sur bleu clair du ciel, la voiture banalisée roulait à fond de cale à travers la campagne.

Un silence plus que pesant régnait dans l'habitacle, seule la radio réglée sur la fréquence police éructait des messages saccadés, incompréhensibles pour moi, surtout dans l'état dans lequel je me trouvais. Une foule de questions, des plus pertinentes au plus absurdes, se bousculait au fond de mon crâne qui commençait à me faire souffrir. Je n'osais plus ouvrir la bouche car je savais qu'ils seraient désagréables avec moi quoique je demande et que de toute façon ils ne me diraient rien qui pourrait m'éclairer sur la situation. Nous étions arrivés en centre ville, les rues étaient presque désertes à cette heure matinale. Peu de circulation aussi. La voiture passait tous les obstacles sans s'arrêter, le deux tons résonnait, une femme qui ouvrait ses volets nous a regardé passer d'un œil hagard et soupçonneux. L'un des types à annoncer notre arrivée par radio, la porte de l'hôtel de police s'est levée, nous nous sommes garés dans la cour à proximité d'un accès au bâtiment. Ils m'ont empoignés et fait descendre du véhicule. De mon côté, le silence était toujours de mise, je me sentais observer par des visages inconnus dissimulés derrière des vitres opaques.

En fait, on me conduisait au local de garde à vue. J'aurais aimé être auditionné maintenant car rester dans l'ignorance me rendait fou, surtout que Jeanne semblait mêlée à toute cette histoire. Dans une petite pièce, un gardien m'a demandé de me déshabiller puis il a fouillé mes vêtements, a retiré les lacets de mes chaussures ainsi que ma ceinture. « Question de sécurité », m'a-t-il affirmé. Mes effets personnels ont été consignés dans une caisse en plastique portant un numéro. Un autre gardien a retiré mes menottes, mes poignets étaient rouges et gonflés. Une odeur bizarre polluait l'air ambiant. Il m'a conduit jusqu'à une cellule où seul un homme dormait au fond dissimulé sous une vieille couverture. La porte s'est refermée, une clé a tourné deux fois dans la serrure. De rage de ne rien comprendre, je claquais les mains avec violence sur le renfort des vitres. Autour de moi, de jeunes quidams hargneux frappaient les murs ou criaient de toutes leurs forces, insultant les flics ou chantant à tue-tête pour voir si personne ne les avait oubliés. Les geôliers essayaient de garder leur calme malgré l'agitation. Les enquêteurs avaient disparu, peut-être voulaient-ils me laisser mijoter un peu avant de m'interroger ? S'énerver n'était pas une solution, je devais me reposer, essayer de réfléchir, même si mon cerveau crépitait. Les cents pas m'occupaient bien quand un homme en uniforme est entré dans le local pour une conversation avec les gardiens. Sans aucun doute un chef. J'ai arrêté de marcher pour tenter d'entendre ce qu'ils se racontaient mais le bruit était incessant, je maudissais ces abrutis. Un unique mot est parvenu à mes oreilles - « MEURTRIER » - tandis qu'ils regardaient pile dans ma direction. J'ai détourné la tête, je n'aimais pas vraiment être observé surtout après un terme si fort. De quoi m'accusait-on ? Je n'avais tué personne et quel était le rapport avec Jeanne ? J'aurais voulu lui parler tout de suite, elle, elle me croirait. Je collais mon front sur la porte.

Alors, j'ai senti deux mains fortes qui m'enserraient le cou, certainement le type qui dormait au fond de la geôle quand ils m'ont enfermé. Une puissance incroyable, je ne pouvais pas lutter, aucun son ne réussissait à sortir de ma gorge. Je commençais à suffoquer, mes forces s'amoindrissaient. Puis il m'a avoué en murmurant ,près de ma nuque, « tu sais, j'ai déjà tué une jeune femme hier , c'était le pied ! ». Un éclair a traversé mon esprit, un peu de lucidité, mais je ne pouvais plus respirer, étouffement, suffocation, la vie me laissait tomber. Drôle de vie.

BARCELONE

Mon arrivée à Barcelone débute comme une incertitude sous une chaleur accablante. Un large trottoir le long d'un boulevard, une grande avenue parsemée de théâtres, de music-hall, des rues animées inconnues. Pas de réservation d'hôtel, personne sur qui compter. Moments de flottement. Une rencontre fortuite puis départ pour l'aventure dans la cité catalane. Une jeune fille qui attendait au même endroit que moi et hop! le flou déjà se dissipe. L'un de ses amis, étudiant en architecture, me trouve un petit Hostal pas cher en plein centre ville, près des Ramblas, une fenêtre donnant sur les palmiers de la plaça Reïal. Chambre simple, bruyante, mal isolée, meubles surannés, salle de bains commune. Peu importe, je n'étais pas là pour dormir, rester cloîtrer et me laver ! Juste un point de chute pour se poser, larguer son sac, pas besoin de plus, affaire conclue. Le soleil frappe les murs, coupe le souffle, étouffe. Un quartier s'élève tout à coup comme une empreinte du temps. Retour au Moyen âge. Une cathédrale silencieuse pèse sur nos têtes, des pierres tombales aux inscriptions mystiques suivent nos pas. Puis, une multitude de petites rues que des maisons gothiques surplombent, et des gargouilles intrigantes parfois monstrueuses qui scrutent les passants. Des balcons fleuris, torsades, sérénade. La balade continue, labyrinthe de place en place, ruelles biscornues, fontaines accueillantes. Sentiment de quiétude, de bien-être. Une fille joue de la guitare assise près d'un vieux vagabond. On se laisse aller, tranquillement. Vague chaude, vent sur les pierres anciennes. Un passage en entonnoir s'ouvre sur le port. Avenue méditerranéenne, dominée par Christophe Colomb conquérant sur son piédestal, le bras tendu désignant un point très loin. Il est déjà tard, la nuit s'installe doucement. Le calme des habitants engendre la fête, la ville tourne, rebondit, danse, grouille, vibre, de toutes parts. Les chicas aux sourires enjôleurs, aux ventres dénudés déambulent dans leurs bulles. Nuée d'éventails qui battent le tempo. Les corps se désarticulent, patchwork de sons, mosaïque de gimmick. Certains dansent sous un pendule immense au balancement inquiétant. Nick Havanna. La chaleur réapparaît, sournoise. Sommeil cassé. Escalade vers un parc flamaboyant, ondulé, tortueux. Des mâchoires énormes aux dents vrillées nous avalent avec le sourire, des chemins reptiliens nous guident dans l'étrange. Une salamandre se vide, vomit de l'eau, des maisons multicolores, appétissantes comme des pâtisseries, poussent dans ce parc au milieu d'arbres parfumés dont celle, rose, de l'artiste, en contrebas. L'artiste, le maître c'est Gaudi, présent partout dans la ville. Sur un petit monticule pierreux, surmonté d'une croix simple. Vue sur la cité. Des impressions très fortes nous pénètrent de cet endroit. Immensité, décadence, nuages de brume englobant la ville. Retour vers le cœur, d'autres ruelles typiques, étroites, du linge pend aux fenêtres, des gouttes s'écrasent sur les pavés de la rue. Des boutiques gourmandes ouvertes laissent échapper des odeurs envoûtantes, des senteurs vivantes pleines d'épices. On respire de bonheur. Une bière à une terrasse de café où les conversations planent, virevoltent, s'apaisent puis éclatent. Dix heures du soir, l'heure du repas. Un petit restaurant nous tente, sorte de cave ouverte sur la rue. D'ailleurs, dans le fond, on aperçoit des fûts de vin. Ce même vin apprécié dans des verres miniatures accompagnent des plats épicés qui titillent nos papilles. Rires partagés, plaisir gastronomique, ivresse. La nuit, une fois encore, maîtresse de la ville. Une boîte rock, lavabos tubes, étincelles, explosion, les corps sont collés les uns aux autres, la danse n'est qu'un seul mouvement pour tous. Ventilateur. Fraîcheur. Les castagnettes miment la folie de la fête. Une fille aux jambes gainées de filets noirs glisse vers la sortie. On aurait voulu être piégé par ses mailles. Le jour revient à la charge, tout s'enchaîne sans transition. Le temps par bonds.

Des tours spatiales foncent vers le ciel, fusées mystiques en partance pour le royaume des dieux. Des escaliers enroulés, spirale gigantesque nous donnent le tournis et quelques frayeurs. Vertige. Une cathédrale « escargothique » inachevée, grandiose, la

Sagrada Familia. L'œuvre magique d'un homme serein. D'autres maisons nées de son imaginaire pointillent les rues. Des cheminées grimacent en l'air, des balcons osseux s'étirent, des mosaïques inspirées, des carreaux se plaquent sur les murs, livrent leur lumière. Les toits ondulent. Envie de vivre dans ces monuments extraordinaires qui provoquent le désir, réveillent nos sens.

Les jours se prolongent. Un village réduit sur les hauteurs devient un monde à lui tout seul. Toute l'Espagne à portée de main. Rêves. Bruits de corridas. La blancheur solaire des pueblos andalous nous séduit. On se sent bien dans ce lieu à part, îlot magique. Sangria, musique andalouse, gaspachos, piment, tout va bien, que demander de plus. Un jeu de fontaines, de jets d'eau et d'éclairage redescend vers la ville, face au palais catalan. Le lendemain c'est un autre quartier qui s'ouvre à nous. Le quartier des pêcheurs juste après la plage. Les rues sont serrées, comme un quadrillage. Beaucoup d'enfants jouent, crient, s'étonnent. Des vieilles femmes sont assises sur le pas de leur porte discutant avec les voisines, les maisons sont ouvertes, des échos de télévision s'échappent. Les gens s'appelant de fenêtre en fenêtre ou directement de la rue. Ambiance populaire. Des petits restaurants de fruits de mer fleurissent un peu partout. Des senteurs marines, épicées à la fois, nous attirent. Repas de crustacés, paella, au cœur de la Barcelonnette. Sangria, encore. Puis nous marchons jusqu'à la plage où une construction étrange, peut-être une sculpture moderne nous intrigue. Nous passons, sans en savoir plus. Assis sur le sable, silence. La lune rousse file sur l'eau, la mer roule. Un hélicoptère surgi de nulle part nous survole, braquant un énorme projecteur dans notre direction. Nous sommes figés sur place. Il s'immobilise, nous retenons notre respiration, puis il repart dans un souffle bruyant, bredouille. Intimité brisée, charme rompu. La soirée se poursuit dans un bar forain. Le décor est celui d'une fête. A l'entrée, un couloir de miroirs déformants puis des automates anciens encore animés nous accueillent. Nous nous asseyons dans un siège de manège près de la confiserie. Des flippers nous entourent. Un peu plus loin des otaries jouent au ballon chevauchées par des filles cavalières, conquérantes. L'endroit est magique. Aux murs des peintures représentent les attractions monstrueuses des foires. La femme la plus grosse du monde, les frères siamois, le nain prestidigitateur, le fakir aux joues percées. Nous restons tard dans la nuit dans ce bar à l'ambiance si enivrante. Nous sortons , grisés par l'alcool, par la firia. Nous partons à la recherche d'une boite étrange vouée à Satan d'après la rumeur où paraît-il tout est permis. Des sexes turgescents roses bonbon jailliraient de derrière le bar. Des mannequins danseraient lascivement à moitié nus sur la piste au milieu d'une faune hétéroclite. Pas de chance pour nous, le rideau de métal s'est baissé devant l'antre de la débauche jusqu'à la nuit prochaine. Seuls quelques homos shootés, assis sur le trottoir s'égosillaient comme des oiseaux malades. Ils étaient partis sur une autre planète, sans penser à la descente beaucoup moins drôle. Nous nous sentions un peu frustrés d'être ainsi mis à l'écart. Il était 5 heures du matin. La dernière nuit à Barcelone était terminée. J'ai regagné mon hôtel, dans le métro j'étais assis face à un type endormi avec une bombe de mousse à raser dans les bras; dans la chambre il commençait à faire très chaud, l'air semblait avoir disparu. Il fallait que je m'endorme très vite sinon il serait trop tard. Je glisse alors doucement sous le drap, en fermant les yeux. Je me réveille, la chaleur m'étouffe tout de suite, j'entends grouiller la Plaça Reial. J'avais l'impression d'avoir dormi dix minutes. Douche fraîche dans baignoire crade. Je m'habille en vitesse, prépare mon sac. Ce soir le départ, quitter le tumulte. Je rejoins les autres, ultime promenade dans le Barrio Gotico, dernière virée dans le Barrio Chino. Le temps se rétrécit. L'heure est venue de faire ses adieux à la ville, à mes amis de virée. Lourds regards circulaires autour de soi. Les rues du centre s'éloignent, long travelling arrière, le film touche à sa fin, la fureur se dissipe. Traversées des quartiers périphériques, Barcelone disparaît. Engloutissement. Vide intense, on ne

66

veut pas que ces instants forts nous échappent, que ces images inoubliables s'effacent. Retour de voyage, on a forcément changé.

TEMPETE NORD

La maison, légèrement isolée, était séparée de la plage par une dune hirsute, crâne de sable sortant de terre. La pluie avait rayé le ciel toute la journée, le vent avait bousculé les nuages sans relâche, la tempête s'était installée sournoise, dominatrice, caractérielle. Nous avions observé, fascinés ce spectacle fougueux derrière la vitre froide de la véranda imaginant la mer à quelques pas de nous, agressive, sans dessus dessous, les griffes tendues, les cheveux fous.

En fin d'après-midi le temps s'était encore

assombri, le déluge avait cessé, la tentation était trop forte, il fallait sortir, courir dehors, partir à la découverte de la plage en flagrant délit de frénésie.

Je m'habillais en hâte, les yeux encore rivés à l'extérieur, mes gestes étaient rapides, plein d'excitation je chaussais mes vieilles baskets, compagnes d'aventures, j'enfilais ma parka, m'entortillais une écharpe autour du cou, j'étais prêt à glisser dans la grisaille. Luc et Franck décidèrent de me suivre ; eux aussi voulaient s'amuser avec l'impossible, sentir les gifles du vent, les assauts de la tempête. Nous sommes sortis, lentement d'abord, puis nous avons commencé à foncer, à la même seconde, tout à coup grisés par quelque chose d'indéfinissable, en direction de la plage. L'air vif, puissant, pénétrait déjà nos corps qui s'avivaient, se gonflaient comme des contrebasses. Au pied de la dune derrière la maison, dernier obstacle avant le mystérieux spectacle, le bruit de la houle, haletante, se fit entendre. Nous avons escaladé en désordre, avides de voir, comme des curieux maladifs, nos pas s'enfonçaient dans le sable mouillé, nos bras hypnotisés nous tiraient vers l'avant. Silence. Tambour. La mer, forcenée, surgit d'un clic devant nous, noire de colère, apparition grisâtre à crochets blancs dans ses creux les plus fougueux. Nos yeux à peine ouverts, plissés par le souffle, troublés par une étrange lumière, se nourrissaient, contemplaient l'eau furieuse qui rugissait. Nous étions de minuscules sentinelles surplombant l'infini. Le paysage nous emplissait d'un bien-être extrême d'une énergie réconfortante malgré les couleurs sans couleur qui s'entremêlaient, malgré le vent glacé qui s'engouffrait sous nos vêtements. Les mouettes avaient du mal à voler, elles se laissaient emporter, en planant. Nous avons dévalé la pente en poussant des cris de Cheyennes déchaînés, nous nous précipitions dans le frisson, le tourbillon. Nous avancions difficilement face à la tempête, confrontation intense, lutte purifiante, rien n'aurait altéré notre envie de vivre ces moments oniriques ; nous nous laissions immobiliser quelques instants par le vent, pantins aux bras ouverts, croix éphémères puis nous continuions notre évasion le long de l'eau. Dégradé gris noir, quelques éclaboussures, liserés blanc. Nos rires filaient en arrière, le sable s'envolait, tourbillonnait, et caressait nos visages comme un papier de verre aux grains fins. La nuit était très vite tombée, sournoise, épaississement soudain du ciel, couvrant la tourmente, seule la fougue ambiante subsistait, nous aspirait. A l'horizon nous apercevions des points brillants dans le vide, les lumières proches des côtes anglaises. La plage s'arrondissait le long d'une colline broussailleuse que nous avons décidé d'explorer. Nous nous sommes frayé un passage à travers les buissons, les ronces folles, les branches délurées qui nous poursuivaient. Le sifflement du vent dans les feuilles nous accompagnait, mystérieux, le moindre craquement était suspect, source de sueur. Au sommet, nous avons découvert de gros cubes de béton, plantés, englués dans le sol, bunkers grisâtres, témoins résidus de la guerre. Ils étaient couverts d'inscriptions, de bombages délavés, de tags étranges, de traces du temps. La porte d'entrée, le passage, petit rectangle noir nous attirait comme un aimant. Au seuil du blockhaus, prêts à pénétrer, un pressentiment, un trouble, demi-tour, nous repoussions cette force étrange, elle était trop séduisante pour ne pas nous piéger. Assis sur des marches à moitié détruites, silencieux, frigorifiés, nous scrutions ces énormes blocs de pierre qui, ce soir là, semblaient reprendre vie. La tempête ravivait le monolithe endormi, l'âme des soldats venait repeupler le lieu de leurs combats, des ombres guerrières s'agitaient sur la façade... Des bombes s'écrasaient, creusaient des tombes... Le sable, le sang giclaient, des cris immondes transperçaient l'air. Des dizaines d'yeux, billes de chair affolées s'enhardissaient derrière les meurtrières, carrés électriques, implorant pitié, putain de guerre... Des corps souillés se gondolent puis s'étalent... Bourdonnements, détonations résonnent sous le ciel noir orangé. Terrible humanité. Ces scènes imaginaires que nous avait inspirées le bunker fracassaient nos têtes, conscients que des hommes avaient vécu cette boucherie. Nos visages avaient changé, s'étaient fermés, nous avions réussi à nous glacer l'échine. Eclat de rire froid. Nous nous sommes levés, nous avons fixé la mer, et nous avons redescendu en courant le sentier tortueux, nous nous sommes retrouvés sur le sable. Autre univers. Une quiétude lascive, le claquement des vagues, le sol mouvant. Le retour s'annonçait pénible. Affronter le vent une fois encore. Il était tard. Nous avons longé la plage par une petite route goudronnée qui nous conduirait sans détour à la maison. Entre deux villas, une voiture mal garée, phares allumés, semblait bouger, sa balancer, les vitres étaient couvertes de buée. Les deux ombres folles à l'intérieur s'agitaient, de légers cris s'échappaient, la vie était facile, quelques caresses, des chuchotements, des coups de reins. Et des petites étoiles dans le ciel.

Nous arrivions maintenant à la falaise, en bas, à pic, la mer continuait ses assauts, frappant les rochers, suçait les amas désordonnés de béton, nous marchions courbés pour éviter le fouet du vent sur nos visages, les mains enfouies dans les poches de nos parkas, à moitié engourdies par le froid. La dune qui dissimulait la maison surgissait devant nous, se dessinait sous le ciel noir comme l'ombre d'un sein rond, accueillant.

Nous avons retrouvé la chaleur. Dans la grande pièce, les murs étaient rouges, des ombres découpées vibraient autour de nous. Nous nous réchauffions en silence, encore plongés dans le fracas de la tempête, dans l'univers qu'elle nous avait imposé. Nous avons bu quelques bières avec les filles qui étaient assises par terre. Elles avaient l'air abasourdies par leur balade de l'après-midi sous la pluie, "l'air violent du temps ça tue" disaient-elles.

Nous avons discuté tard dans la nuit, Juliette s'était endormie molle sur les coussins, Nina et Claire luttaient contre le sommeil, leurs yeux cillaient puis tout à coup s'ouvraient en grand comme hypnotisés tandis que nous inventions à tour de rôle des histoires terribles situées dans des endroits sombres, malsains peuplés d'êtres étranges, d'objets cruels, nous faisions vivre des personnages diaboliques qui nous terrifiaient avec malice. J'ai allumé une cigarette. Richard écoutait attentivement en se tortillant les orteils. Dehors les éléments étaient toujours déchaînés, ils ne connaissaient aucun répit.

"L'homme descendit l'escalier du manoir d'un pas lourd, un sourire cynique accroché aux lèvres. Il ouvrit la porte étroite qui grinça. Quelques toiles d'araignées se déchirèrent, l'homme alluma la lumière. Une vieille ampoule tremblante pendait au plafond. Au fond sur le mur était fixée une croix sur laquelle une femme nue gémissante était crucifiée. L'homme éclata de rire. Il fit rougir un fer recourbé sur les braises du feu vif puis lui brûla les mamelons. Un cri immonde jaillit du corps mutilé..."Boris racontait comme s'il y était, comme s'il était l'Homme.

"Tu viens te coucher" me dit Nina qui avait posé sa tête sur mon épaule. Boris arrêta son récit, tout le monde, fatigué, décida de monter dans les chambres.

Notre lit était plutôt petit, Nina et moi étions serrés l'un contre l'autre, son bras blanc entourait mon ventre. Nous entendions le vent frotter les parois de la maison. Les gouttes de pluie s'écrasaient sur la fenêtre au-dessus de nous. Un frisson nous parcourait le dos. Nous nous sommes réchauffés, embrassés, encore, encore. Nous nous sommes endormis enlacés. La tempête hantera peut-être notre nuit transformant nos rêves en cauchemars.

Le lendemain matin un ciel bleu me tira du sommeil, le calme semblait régner à l'extérieur. Je me suis habillé en quatrième vitesse. J'ai couru jusqu'à la plage. J'ai contemplé l'horizon, le soleil m'a ébloui. J'avais l'impression d'avoir voyagé sans m'en rendre compte, de m'être déplacé dans le temps ; le paysage était tellement différent. Les amalgames de béton n'étaient plus que des ruines innocentes. Les vagues n'étaient plus que de calmes ondulations. Les autres sont venus me rejoindre. Nous avons pris une énorme bouffée d'air avant de descendre comme des fous vers la mer.

LONDON BLUES

Le quai presque désert sentait la poussière. J'attendais le métro depuis un bon moment déjà, je commençais à m'impatienter. Je ne pouvais même pas m'occuper comme souvent en lisant les murs patchés, je connaissais par cœur toutes les affiches jusqu'au dernier mot écrit en tout petit en bas à droite car en cette période les retards étaient fréquents. J'étais pressé de rentrer chez moi après une journée de travail bien remplie, je maudissais les transports en commun. L'indicateur électronique marquait "6 minutes" de ses points rouges, en alternance avec " NO SMOKING ", slogan incontournable, quand un jeune métisse est arrivé, hirsute, walkman à fond vissé sur les oreilles. Il portait des vêtements synthétiques moulants mettant en valeur son corps bien dessiné, des Adidas à trois bandes, des lunettes de soleil profilées. Il s'est assis en gesticulant, seul dans son univers, aveugle aux autres. Le bruit sourd des rames parallèles résonnait. Une vieille femme emmitouflée dans un manteau trop long s'est glissée derrière moi traînant un sac usé. Elle parlait toute seule, à voix haute, elle poussait des coups de gueule. Je l'observais, attendri, amusé à la fois, elle regardait maintenant droit devant elle, ses lèvres bougeaient sans arrêt, elle se balançait légèrement d'un pied sur l'autre. Cette silhouette sans âge au visage ridé, à l'allure intemporelle dégageait une aura de vie, comme une poupée russe en chair et en os. "4 minutes" s'était inscrit sur l'indicateur puis une longue liste de correspondances tandis qu'une faune hétéroclite continuait à s'amasser sur le quai. J'entortillais mes doigts nerveusement comme pour conjurer le temps lorsqu'une fille plutôt forte est apparue. Mon attention s'est tout de suite portée sur cette consistante personne, plantée là, dodelinant de la tête comme si elle était en perpétuel déséquilibre. J'en oubliais l'attente prolongée, la lourdeur de l'air, les faits et gestes des autres alentour. C'est elle que j'avais choisie pour cible d'observation sans que je sache réellement pourquoi ; je soupçonnais en elle quelque chose d'insolite, d'inattendu. Une annonce est alors passée dans les haut-parleurs couverte par des grésillements ; elle s'est immobilisée, chien de chasse des villes, juste le temps d'écouter. Aussitôt, son visage s'est illuminé, peut-être une bonne nouvelle. Ses traits étaient fins, purs, ceux d'un nouveau-né. Un piercing ornait son sourcil droit, son oreille opposée proposait plus d'une dizaine d'anneaux d'argent. Elle était très peu maquillée, juste quelques liserés noirs bien placés. Mélange d'innocence et de dureté. Ses cheveux orange n'avaient rien de naturel, ses vêtements étaient très colorés, un peu trop serrés, cachés sous un imperméable sombre. Elle jouait avec ses lèvres tout en cramponnant un petit sac indien multicolore.

Un souffle puissant a précédé l'arrivée du métro. Les portes se sont ouvertes en même temps que résonnait " MIND THE GAP ", phrase magique souterraine. Ma proie s'est alors précipité pour fondre tel le vautour sur une place libre qu'elle avait du repérer dès l'arrêt du wagon. Elle avait, sur son passage, bousculé quatre ou cinq personnes, encore abasourdies de tant de combativité. Elle s'est assise avec un air de soulagement sur le visage. Je suis resté debout dans l'allée centrale, agrippé à la barre, de façon à la voir de face. Nous nous sommes élancés vers la prochaine station, j'espérais simplement que ce n'était pas la sienne. Tout son corps vibrait, un flan sur une assiette à dessert. Une dame menue a réussi à se glisser sur le siège auprès d'elle ce qui a semblé l'agacer car sa bouche s'est plissée et son regard a biaisé vers la pauvre innocente qui s'attendait à meilleur accueil. Nous avons stoppé quelques secondes plus tard, des gens sont descendus, libérant un fauteuil en face d'elle. Elle n'avait pas bougé, elle semblait partie pour un long voyage. Je me suis installé à mon nouveau poste, moins discret mais plus confortable. A côté d'elle, la petite femme, la tête rouge, ne bronchait pas, les pieds en triangle. Nous sommes repartis d'un coup sec. Pendant la secousse, elle a ouvert son sac pour en sortir une boite rectangulaire emballée dans un papier criard. Lui avait-on offert quelque chose ou s'était-elle fait un petit plaisir ? Elle souriait aux éclats, un sourire étrange comme si des pinces invisibles la dirigeaient. Elle a entrepris l'ouverture de son paquet d'une façon lente, méticuleuse, elle semblait pourtant excitée par cette découverte, cette surprise, qu'elle connaissait j'en avais l'impression, j'en étais même sûr maintenant. S'il s'eut agit du précieux présent d'un amant, d'un être cher, elle aurait sans doute attendu le confort d'un lieu plus intime pour s'en délecter. Là, le truc à usage immédiat venait à l'esprit. Elle s'appliquait, ne déchirait rien, elle enlevait les morceaux d'adhésif sans laisser de traces sur les motifs, comme pour tout réutiliser plus tard, emballage à usage multiple. La boîte de l'objet- on se croirait dans une émission de téléachat - allait apparaître d'un moment à l'autre. J'étais curieux de la vie de tous les jours, des gens simples, des petits bonheurs et des petits malheurs. Amoureux de l'authentique. Elle a émis un cri strident de satisfaction. Des œufs, sucreries surprenantes, trônaient entre ses mains boudinées, offrande à elle-même, déesse urbaine des plaisirs de la bouche. Je me demandais ce qu'elle préférait dans ces gourmandises, le chocolat au lait ou le gadget en plastique ?

Elle a commencé une sorte de " ce ne sera pas toi qui " comme le font les enfants pour savoir quelle serait la première victime, quand nous nous sommes arrêtés d'un coup brusque afin de laisser passer une autre rame. Elle a failli tout lâcher mais elle s'est cramponnée à ses friandises, trésor inestimable. A cause d'un problème dans le tunnel nous sommes restés quelques secondes dans l'obscurité. J'avais raté sa grimace mais pas son grognement aigu. Rictus de bouledogue et aboiement d'un caniche qu'on titille. Au moment crucial on lui infligeait la nuit ! Elle a attendu que l'on redémarre pour se mouvoir. J'essayais d'être le plus discret possible, je ne voulais pas qu'elle me démasque en plein espionnage. Elle aurait été capable de ranger son cadeau de colère, l'œil noir en fronçant les sourcils.

Elle a choisi son œuf à l'aide de son jeu enfantin réitéré plusieurs fois puis a déposé le reliquat avec une délicatesse extrême dans son sac. Elle a d'abord porté l'oblong bonbon à son oreille, l'a ensuite secoué, inquiète, pour s'assurer qu'il n'était pas vide. Son but était aussi de deviner, juste par le bruit émis, le jouet mystérieux dont elle serait bientôt l'heureuse détentrice. Elle était vraiment drôle, les mômes n'avaient qu'à bien se tenir. Très solennellement, elle a déballé sa gâterie réduisant l'emballage à une minuscule boulette, puis elle a passé sa langue sur le bout lisse pour goûter. Elle a cassé des morceaux, les a engloutis avant qu'ils ne fondent dans ses doigts rendus moites par l'excitation. Il ne restait plus désormais qu'une capsule jaune qu'elle s'est mise à lécher, sans se préoccuper du lieu où elle se trouvait, elle ne devait rien perdre du chocolat collé sur le plastique. Elle a sucé ses mains avec délectation alors que la femme assise à côté d'elle n'osait pas la regarder, démontée au fond de son siège moins spacieux qu'à l'accoutumée. Son naturel débordait de partout. Elle avait quelque chose d'incroyable.

Nous avons stoppé une nouvelle fois. Je priais pour qu'elle ne descende pas maintenant.

Baker street station. Elle s'est retournée pour lire le nom inscrit sur la plaque, ce n'était pas son point de chute, OUF ! de soulagement. Tandis que les portes se refermaient, elle a ouvert, dans un claquement, la capsule. Je ne la quittais pas des yeux, happé après une sorte de suspense grotesque. Des bouts de différentes formes, colorés, rebondirent dans sa paume. Un mode d'emploi microscopique était joint à la surprise en pièces détachées. Elle l'a mis de côté et a monté en un temps record une voiture de sport miniature. On aurait dit une main potelée de bébé vue sous une loupe s'amusant avec un jouet passé au rétrécisseur. J'étais un peu déçu du gadget, il n'était pas très original. Elle semblait plutôt heureuse de son sort comme en témoignait un sourire béat. Elle a alors fait rouler son bolide sur ses cuisses, véritable circuit de montagne, en imitant le bruit d'un moteur d'automobile. Quelque part elle m'effrayait ; et je ne parle pas de sa voisine, recroquevillée dans son fauteuil, la tête rivée à la porte de sortie. Le regard des autres glissait sur elle, il n'avait aucune importance. Elle agissait en toute liberté, sans soucis, en décalé, dans une dimension parallèle. Le métro a ralenti, nous nous sommes arrêtés. Elle s'est un peu affolée, a tout rangé en quatrième vitesse puis elle est sortie au pas de course en soufflant très fort. Je l'ai regardée disparaître absorbée par un couloir vorace. J'ai souri, juste pour dire que la vie est étonnante, faite de petits riens, pépites heureuses ou malheureuses. Je suis descendu à la station suivante encore sonné de ces instants imprenables de liberté. Il existait encore des gens sans contraintes, loin de la pression des autres, du poids du monde. Simples d'esprits, vrais anarchistes, rebelles en tous genres, hardeurs ou rock stars.

Dehors, la nuit était tombée comme un couvercle sur la ville. L'hiver, à Londres, la lumière du jour était recherchée, les journées étaient très courtes. On m'avait parlé quelques temps auparavant des nombreuses personnes qui se procuraient des lampes artificielles puissantes pour imiter les rayons bienfaisants du soleil afin de ne pas sombrer dans la déprime totale, de tomber au fond d'un trou noir . Univers de représentation. L'impression d'une obscurité éternelle était bien réelle, pesante. Ne pas trop s'attarder à l'extérieur était le meilleur remède aux idées lourdes. Se retrouver chez soi ou sortir dans les endroits animés. J'avais juste la rue à traverser pour rentrer « at home ». Des vendeurs de journaux emmitouflés des pieds à la tête hurlaient les gros titres racoleurs de l'**EVENING STANDARD**. L'un d'eux était une femme, plus très jeune, avec un accent très rude, elle semblait être montée sur bascule, elle conjurait le froid. Elle portait une combinaison de ski bleu ciel délavé, un bonnet rouge vif vissé jusqu'au yeux qui lui donnait à la fois un côté ridicule et l'allure d'une fashion-victim. Paradoxe londonien, people mix. J'en ai acheté un exemplaire pour le supplément week-end, ce que je fais rarement car le métro en regorge dès la fin de la journée. De toute façon, je n'avais pas l'intention de ressortir ce soir.

Devant la porte de l'immeuble, une drôle de sensation m'a envahi ; la serrure de l'entrée avait été forcée. J'ai monté les marches une à une, mon cœur battait plus vite alors. J'habitais le premier étage, impossible de retarder le moment crucial très longtemps. La massive porte en bois, entrebâillée, était défoncée de toutes parts, des éclats avaient même volé jusqu'au milieu du couloir. Aucun bruit, silence inquiétant. Une sorte de calme après une tempête. J'ai pénétré à l'intérieur, à tâtons, longeant les murs, observant partout minutieusement comme dans les films à suspense ou dans les polars mais je n'avais pas d'arme au bout du bras. La porte du salon était, elle aussi, en piteux état, la lumière de la cuisine était allumée mais la pièce était vide. Aucun corps inerte en plein milieu gisant sur la moquette. J'étais soulagé, les lieux semblaient déserts. Dans ma chambre, le désordre régnait : mon lit était défait, ma trousse de toilette avait été vidée, le contenu était éparpillé sur le sol. Mon armoire était ouverte, elle avait dû être fouillée de fond en comble. A première vue, on m'avait juste volé une montre, des cartes de téléphone usagées et mon walkman laser. Ce n'était rien par rapport aux dégâts impressionnants que l'appartement avait subi. J'étais presque content. Puis j'ai entendu du bruit, mon cœur s'est remis à battre plus fort. Je me suis aventuré dans le corridor en direction de la salle de bains un portemanteau à la main, arme très à la mode. Quand mon logeur est sorti de sa chambre d'un seul coup, comme une apparition, j'ai étouffé un cri en sursautant, j'ai posé la main sur ma poitrine pour vérifier si mon corps n'avait pas disjoncté.

" Ils ont réussi à rentrer, les salauds ! " a-t-il éructé. Je vivais avec lui dans ce somptueux logis, vestige de sa gloire passée. " Ils ont dû agir très vite les porcs ! Et tout cela pour une misère ! ".

Je ne pouvais toujours pas parler, figé par des sueurs froides qui parcouraient ma colonne vertébrale. Il m'a invité à prendre un verre pour recouvrer mes esprits. Nous nous sommes installés à la table de la cuisine, la bouteille de cherry y est passée. Nous avons discuté jusque tard dans la nuit échafaudant des milliers d'hypothèses, de scénarios délirants.

Rien de valeur n'avait été dérobé, ils avaient cherché du cash ou de la drogue, d'après nous. Mais les travaux allaient coûter cher et devaient être effectués dès demain. Mon propriétaire était en rage. Nous sommes partis nous coucher dans un état second, grisés par l'alcool, les nerfs tendus par cet imprévu. La nuit fut agitée, j'entendais des bruits bizarres, j'ai rêvé qu'ils revenaient pour nous assassiner, angoisse quand tu nous tient ! Je ne me suis endormi qu'à l'aube quand la boisson avait vidé mes veines, que le sommeil avait vaincu mon excitation. Je me suis réveillé quand une musique stridente a jailli sans prévenir. J'avais du mal à ouvrir les yeux, un marteau piqueur creusait un sillon au fond de mon crâne. J'ai aperçu une feuille de papier glissée sous ma porte, je me suis levé, pour voir ce que c'était.

J'ESPERE QUE TU AS PASSE UNE BONNE NUIT, NOUS AURONS UNE NOUVELLE PORTE CE SOIR. BONNE JOURNEE

Mon logeur était déjà debout et avait pris les dispositions nécessaires pour que tout soit réparé au plus vite. Puis j'ai foncé sous la douche pour m'éclaircir les idées. Quand j'ai vu l'heure, je me suis habillé quickly, j'ai grignoté un bagel en prenant mes affaires afin de ne pas être en retard. J'ai réussi à bloquer la porte avant de partir. La journée fut froide mais ensoleillée. J'étais préoccupé par ce cambriolage. En fait, je pensais qu'ils avaient simplement repéré les lieux, localisé les objets de valeur pour mieux revenir le lendemain et

tout emporter. Je n'étais pas pressé de rentrer.
Sorte d'appréhension. La nuit est tombée dans
le milieu de l'après-midi chassant d'un coup les
effets bienfaisants du ciel bleu lumineux. J'ai
fermé la boutique après avoir caché le fond de
caisse dans un casier à code. La rue était
peuplée d'ombres qui marchaient d'un pas
rapide, sans regarder en l'air, une seule idée en
tête : se réfugier au chaud. Sur le quai du
métro, j'ai rencontré un ami qui m'a appris que
son appartement avait été fracturé la veille,
qu'on lui avait dérobé son appareil photo, son
caméscope et de l'argent liquide planqué dans
un livre d'Irvin Welsh. Quand je lui ai annoncé
qu'il m'était arrivé la même chose, il a cru que
je plaisantais. " Je t'assure, ils on tout défoncé !
", j'ai insisté. Puis sa rame est arrivée, il est

parti en accéléré en me criant qu'il était pressé, qu'il avait une soirée incroyable ce soir, qu'il aurait tout juste le temps de se préparer. Je lui ai fait un signe de la main car il était déjà trop loin pour que je lui dise quoi que ce soit. J'ai mis dix minutes pour arriver chez moi, pas de panne souterraine aujourd'hui, un record. J'ai d'abord été très heureux, la porte avait été remplacée, on sentait une odeur de bois neuf dans tout le couloir. J'ai admiré le travail puis j'ai sonné. No answer. J'ai récidivé plusieurs fois, j'ai tambouriné sur la surface lisse, toujours rien. Je n'avais pas vraiment pensé à cette histoire de clé. A quelle heure mon propriétaire rentrerait-il ? Je suis redescendu pour essayer avec l'interphone qui resta muet. J'ai décidé de téléphoner à un ami au cas où j'aurais besoin de dormir chez lui. La cabine la plus proche était à deux pas, à la sortie du métro. Il était chez lui ce soir, je pouvais venir à n'importe quelle heure j'étais le bienvenu. Pendant la communication, j'avais remarqué un jeune homme à proximité qui ne me quittait pas des yeux. J'ai raccroché, il m'a tout de suite abordé.

" T'es français ? " a-t-il murmuré en me tendant la main. "Oui", j'ai répondu en acceptant son geste fraternel. Il m'a alors raconté qu'il était seul à Londres, qu'il ne connaissait personne ici qui parlait français. Il semblait avoir très envie de parler, de se confier à quelqu'un. Tout en se promenant dans le quartier, je lui ai exposé mon problème, lui, s'est plaint de sa vie solitaire. Il n'était pas très grand, plutôt trapu, maghrébin. Sa voix était toujours tremblotante, hésitante. De son air timide s'échappait une certaine détresse. Il m'a demandé si je voulais attendre chez lui." Tu sais, t'es bien tombé", répètait-il. Je lui ai dit que ce n'était pas la peine, que ce ne serait pas long." Tu sais, t'es bien tombé ". Il me serrait de près, me tripotait le bras, puis l'épaule. Je me suis un peu écarté, sans brusquerie. Alors, il m'a tout simplement proposé de coucher avec lui, j'étais abasourdi. " Tu sais, t'es bien tombé...". Je n'en étais pas sûr. Il a voulu m'entraîner dans une ruelle sombre, un recoin entre deux immeubles. " Viens ce sera vite fait...". Je résistais en craignant le pire, un viol ou pire encore. Il a frotté son entrejambe contre ma cuisse pour me montrer qu'il était en forme, qu'il ne plaisantait pas, qu'il avait envie de moi. J'ai senti la pression de son sexe à travers l'étoffe de son pantalon. Je suis resté zen, j'ai respiré profondément, je ne voulais surtout pas l'énerver.

" Allez, s'il te plait, t'es mon genre" me supplia-t-il. Et là, j'ai sorti d'une traite un speech comme quoi il ne m'intéressait pas, il y avait dans cette ville une foule de lieux où il pouvait trouver un mec pour la nuit, qu'il n'était pas sympa de m'agresser de la sorte. Il en est resté bouche bée, coupé dans son élan. Ses yeux étaient proches des larmes. Il avait les expressions d'un enfant qu'on vient de gronder. "Alors tu veux pas... ?". " Non, t'as compris, non, j'te dis !" j'ai crié en le repoussant. Il m'a lâché, à commencer à pleurer, puis s'est essuyé vite fait avec sa manche. J'ai ressenti sa solitude, ce mal pesant qui l'accablait, le rendait maladroit envers les autres." C'est rien, tu vas trouver quelqu'un", ai-je lancé afin de le réconforter." Je ne suis pas le seul à parler français à Londres !". J'ai repris mon chemin, il m'a suivi jusque devant chez moi en silence comme un môme qui croit qu'à la fin on va finir par céder à son caprice. Il était planté là les mains dans les poches." Je crois que t'as pas la bonne technique. Maintenant, je dois rentrer, salut !"

Il est parti sans créer d'incident, en baissant la tête, comme un pauvre malheureux. Ce n'était pas si simple d'aider les gens. Je ne l'ai jamais revu rôder par ici, j'espérais simplement qu'il n'avait rien commis de tragique. Je m'étonnais encore de ne pas avoir pris peur, de ne pas avoir paniqué, j'avais peut-être sauvé ma peau. Calme et dialogue. J'ai sonné une nouvelle fois, la porte de l'appartement s'est enfin ouverte, j'étais soulagé. Mon propriétaire s'est excusé de son retard en me remettant la clé de la nouvelle porte. Je ne me suis pas éternisé, j'étais lessivé, épuisé par ces situations saugrenues. J'ai eu beaucoup de mal à m'endormir, perdu dans mes pensées. Cette nuit le monde connaîtra d'autres aventures, loin de mes rêves.